麥爾安德

給 阿諾

Thinking 050

世界啊，請讓我靜一靜
ALBERT'S QUIET QUEST

作　者｜伊莎貝爾‧阿瑟諾 ISABELLE ARSENAULT
譯　者｜黃聿君

社　　　長｜馮季眉
編輯總監｜周惠玲
責任編輯｜洪　絹
編　　　輯｜戴鈺娟、李晨豪、徐子茹
美術設計｜蕭雅慧

出　版｜字畝文化
發　行｜遠足文化事業股份有限公司
地　址｜231 新北市新店區民權路 108-2 號 9 樓
電　話｜(02) 2218-1417　傳　真｜(02) 8667-1065
電子信箱｜service@bookrep.com.tw
網　址｜www.bookrep.com.tw
郵撥帳號｜19504465 遠足文化事業股份有限公司
客服專線｜0800-221-029

讀書共和國出版集團
社　　長｜郭重興
發行人兼出版總監｜曾大福
印務經理｜黃禮賢
印務主任｜李孟儒
法律顧問｜華洋法律事務所　蘇文生律師
印　製｜中原造像股份有限公司

出版日期｜2020 年 1 月 2 日　初版一刷
　　　　　2021 年 1 月　　　初版三刷
定　價｜320 元
書　號｜XBTH0050
ISBN｜978-986-5505-03-5（精裝）

ALBERT'S QUIET QUEST

ALBERT'S QUIET QUEST

世界啊，
請讓我靜一靜

伊莎貝爾·阿瑟諾 ISABELLE ARSENAULT 著

黃聿君 譯

嗨，艾伯特！

要不要跟我們一起種花？

唔……
這裡有點亂！
還是到巷子那邊去弄比較好。

不，謝了。
我在看書。
不用了。

嘿，各位⋯⋯

對不起，我不是
故意要⋯⋯

咕噜噜……

作者

伊莎貝爾・阿瑟諾 ISABELLE ARSENAULT

阿瑟諾是加拿大魁北克的插畫家。她對創作插畫書籍的熱情為她囊獲各種獎項肯定。阿瑟諾的兒童文學作品曾三次榮獲加拿大總督文學獎，其作品《簡愛，狐狸與我》（字畝文化出版，OPEN BOOK 閱讀誌好書獎 2017 年度最佳青少年圖書）及《候鳥移工》（*Migrant*）更是《紐約時報》年度最佳童書插畫獎。目前，阿瑟諾和家人一起住在蒙特婁的麥爾安德（Mile End）。

譯者

黃聿君

專職譯者，譯作曾多次榮獲《中國時報》開卷年度最佳青少年圖書與最佳童書、好書大家讀年度最佳少年兒童讀物獎。

克拉克大道